A Tricia, Gina y Paulette.
¡Las originales y mis personas favoritas
que hablan sin parar! -CJ

A mi increíble familia y mis amigos. -RW

Lucía Villar habla sin parar es publicado por
Picture Window Books
una imprenta de Capstone,
1710 Roe Crest Drive
North Mankato, Minnesota 56003
www.capstonepub.com

Datos de catalogación en publicación de la Biblioteca del Congreso
ISBN: 978-1-5158-4734-2 (hardcover)
ISBN: 978-1-5158-6083-9 (paperback)

Diseñada por: Kay Fraser

Printed and bound in China.
002489

Lucía Villar, HABLA SIN PARAR

POR CHRISTIANNE JONES
ILUSTRADO POR RICHARD WATSON

PICTURE WINDOW BOOKS
a capstone imprint

Lucía Villar siempre hablaba sin parar.

Le gustaba **hablar**.

Y **hablar**.

Y **hablar**.

—**Lucía,** por favor, deja de hablar y empieza a comer —protestaba su mamá.

—**Lucía**, habla menos y escucha más
—la regañaba su maestro.

—Lucía, por favor, ¡deja de hablar! ¡No puedo oír la película! —gritaba su hermano.

—**Lucía,** deja de hablar y cepíllate los dientes —suspiraba su papá.

No había nada que callara a Lucía.
Hablaba y hablaba y **hablaba.**

Pero un lunes maravilloso, por la mañana, a Lucía Villar
le pasó algo por tanto hablar. Se **quedó sin voz**.

Intentó susurrar.

¡Intentó **GRITAR!**

Intentó **cantar.**

Pero no pasó nada.

Lucía estaba muy **triste** durante el desayuno.

Pero como **no podía hablar**, tardó menos tiempo en desayunar.

¡A Lucía incluso le dio tiempo para terminar su tarea!

—**Hoy estoy que no paro** —pensó—.

Lucía estaba muy **triste** de camino a la escuela.

Pero como no podía hablar, descubrió
que su amiga Nadine contaba chistes muy buenos
y era **muy divertida.**

—Qué raro que no me diera
cuenta antes —pensó Lucía.

Lucía estuvo muy **triste** todo el día en la escuela.

Pero como no podía hablar, terminó todo su trabajo
y le dieron una **estrella dorada** por escuchar bien.

—Nunca me habían dado
una estrella dorada —pensó—.

Esa noche, Lucía ya no estaba tan **triste**.
Comió palomitas y vio una película
de un monstruo con su hermano.

—Mi hermano tenía razón —pensó—.
¡Esta película es estupenda!

Y cuando su papá subió las escaleras, Lucía ya estaba lista para dormir. Se había cepillado los dientes, se había puesto la pijama y esperaba tranquilamente en su cama.

¡Incluso les dio tiempo para leer **dos libros más!**

A la mañana siguiente, cuando se despertó, ¡Lucía se sentía muy bien! No solo podía hablar otra vez, sino que además podía susurrar. ¡Podía gritar! Podía cantar.

—¡Hoy es el mejor día DE TODOS!

—declaró Lucía.

Lucía bajó corriendo las escaleras, **hablando** sin parar.

—¡Ay, ay, ay! Tengo tantas cosas que decir —dijo Lucía—. ¡Nadine es divertidísima! ¡Las estrellas doradas son lo máximo! Me gustan las películas de monstruos...

...pero antes voy a desayunar —dijo Lucía con una **sonrisa.**

Mientras Lucía desayunaba en silencio,
su familia hablaba, y ella **escuchaba.**

A Lucía Villar todavía le gustaba hablar.

y **hablar.**

y **hablar.**

Pero, de vez en cuando, también le gustaba escuchar.